CATALOGUE

DE

TABLEAUX

Aquarelles, Pastels et Dessins

PAR

**Allongé, Boudin, Brown, Corot, Courbet, Couture,
Dupré, Gegerfeld, Géricault, Godefroy,
Grolleron, Lépine, de Neuville, Nozal, Petitjean, Roybet,
Trouillebert, Veyrassat, etc.**

ET DE

CADRES

DONT LA VENTE AURA LIEU

HOTEL DROUOT, SALLE N° 10

Le Mercredi 18 Avril 1894

à 2 heures 1/2

Par le ministère de M° **LEON TUAL**, commissaire-priseur

56, rue de la Victoire, 56

Assisté de M. **FÉLIX GÉRARD fils**, expert

7 *bis*, rue Laffitte, 7 *bis*

Chez lesquels on distribue le présent Catalogue.

EXPOSITION PUBLIQUE

Le Mardi 17 Avril 1894, de 2 heures à 5 heures 1/2

CONDITIONS DE LA VENTE

Elle sera faite au comptant.

Les Acquéreurs paieront *cinq pour cent* en sus du prix d'adjudication, applicables aux frais de la vente.

Paris. — Imp. de l'Art, E. Moreau et Cⁱᵉ, 41, rue de la Victoire.

DÉSIGNATION

ALLONGÉ

1 — *Souvenir de Fontainebleau.* Aquarelle.

2 — *Étude de chêne.* Aquarelle.

BALLAVOINE

3 — *Figure.*

BARABANDY

4 — *Le Palais Ducal à Venise.*

5 — *Fleurs dans un vase.*

BAUD BOVY

6 — *Paysage.*

Haut., 73 cent.; larg., 82 cent.

BOUDIN

7 — *Parc Cordier, à Trouville.*

> Haut., 5o cent.; larg., 62 cent.

8 — *Paysage.*

> Haut., 48 cent.; larg., 35 cent.

9 — *Marine.*

> Haut., 23 cent.; larg., 3i cent.

10 — *Paysage avec maison.*

BREDA (Van)

11 — *Fête champêtre.*

BROWN (J. L.)

12 — *Enlèvement d'Angélique.*

> Ovale. Haut., 85 cent.; larg., 88 cent.

13 — *Huit médaillons dans un cadre. Aquarelle.*

CALLOT (D'après)

14 — *Le Camp.*

CHINTREUIL

15 — *Paysage.*

Haut., 32 cent.; larg., 21 cent.

CICÉRI

16 — *Le Givre.* Aquarelle.

Haut., 27 cent.; larg., 45 cent.

COROT

17 — *Paysage avec vaches.*

Haut., 23 cent.; larg., 30 cent.

18 — *Rivière de Gênes.* (Provient de la vente Burty.)

Haut., 20 cent.; larg., 40 cent.

COURBET

19 — *Le Puits noir.*

Haut., 80 cent.; larg., 65 cent.

COUTURE

20 — *Portrait d'homme.*

Haut., 56 cent.; larg., 46 cent.

DOMINGO

21 — *Bataille.*

Haut., 12 cent.; larg., 21 cent.

DUBUFFE

22 — *Portrait de femme.*

Haut., 99 cent.; larg., 80 cent.

DUPRAY (H.)

23 — *Les Prisonniers.*

Haut., 41 cent.; larg., 65 cent.

DUPRÉ (Gustave)

24 — *Paysage.*

Haut., 65 cent., larg., 48 cent.

DUPRÉ (Jules)

25 — *Chevaux*. Dessin rehaussé.

Haut., 30 cent.; larg., 41 cent.

ÉCOLE ANCIENNE

26 — *Paysage*.

Haut., 88 cent.; larg., 1 m. 7 cent.

ÉCOLE FRANÇAISE

27 — *Dessus de porte*.

Haut., 68 cent.; larg., 1 m. 9 cent.

FRÈRE (Th.)

28 — *Bords du Nil pendant une inondation*.

GAGLIARDINI

29 — *Plage de Cayeux*.

GEGERFELD

30 — *Venise*.

GÉRICAULT

31 — *Lion.*

GODEFROY

32 — *La Vallée du Sichon (Vichy).* Pastel.

33 — *Soir d'Automne (Mayenne).* Pastel.

34 — *Paysage breton.* Pastel.

GROLLERON

35 — *Chasseur à pied.*

Haut., 27 cent.; larg., 41 cent.

HYON

36 — *Revue.*

ISABEY (Attribué à)

37 — *Vue de ville.*

INCONNU

38 — *Le Jugement de Páris.*

INCONNU

39 — *Pygmalion amoureux de sa statue.*

LECUIT (Dit Monroy)

40 — *Fleurs.*

41 — *Eglise de Saint-Lunaire.*

LÉPINE

42 — *Vue de Rouen.*

Haut., 27 cent.; larg., 37 cent.

43 — *Bords de rivière.*

LE THIERE

44 — *Brutus condamnant ses fils.* Esquisse.

MARÉCHAL (Mlle H.)

45 — *Pendant la moisson.* Pastel.

46 — *Le Loing (Seine-et-Marne).* Pastel.

47 — *Bouleaux.* Pastel.

MIEREVELT (Attribué à)

48 — *Portrait de femme.*

Haut., 78 cent.; larg., 64 cent.

NEUVILLE (A. DE)

49 — *Fragment du panorama.*

Haut., 2 m. 42 cent.; larg., 1 m. 60 cent.

NOZAL

50 — *Mortefontaine en automne.*

Haut., 63 cent.; larg., 94 cent.

51 — *Près de la ferme Lécuyer (Étretat).*

Haut., 42 cent.; larg., 67 cent.

52 — *La Mare Saint-Lubin (le soir).*

Haut., 24 cent.; larg., 41 cent.

53 — *Château du Bouchet-en-Brenne (Berry).*

Haut., 27 cent.; larg., 40 cent.

OUDRY (Attribué à)

54 — *Sujet de chasse.*

PETITJEAN

55 — *Le Village de Brassette (Meuse).*

Haut., 50 cent.; larg., 70 cent.

56 — *Temps de pluie en Lorraine.*

Haut., 50 cent.; larg., 70 cent.

57 — *Le Bassin au bois, à Anvers.*

Haut., 36 cent.; larg., 60 cent.

58 — *Talus de chemin de fer.*

Haut., 37 cent.; larg., 62 cent.

59 — *L'Eglise de Rupt (Haute-Marne).*

Haut., 51 cent.; larg., 71 cent.

60 — *Anvers. Marine.*

Haut., 50 cent.; larg., 70 cent.

61 — *Vieilles maisons à Pont-sur-Meuse.*

Haut., 65 cent.; larg., 92 cent.

QUOST

17 62 — *Fleurs.*

Haut., 33 cent.; larg., 41 cent.

ROUSSEAU (Attribué à Th.)

1 63 — *Paysage.*

Haut., 19 cent.; larg., 28 cent.

ROYBET

64 — *Musiciens ambulants.*

Haut., 41 cent.; larg., 37 cent.

SAUVAGE

65-66 — *Deux dessus de portes.*

Haut., 68 cent.; larg., 1 m. 33 cent.

SCHAAL (Attribué à)

67 — *Jeune femme lisant.*

SEBRON

72 68 — *Le Pont des Soupirs à Venise.*

TÉNIERS (D'après)

69 — *Les Œuvres de miséricorde.*

TROUILLEBERT

70 — *Paysage.*

Haut., 29 cent.; larg., **42** cent.

TROYON (?)

71 — *Fleurs.* (aquarelle)

VEYRASSAT

72 — *Chevaux.*

Haut., 26 cent.; larg., 35 cent.

VOUET (Attribué à Simon)

73 — *Achille chez les femmes de Nicomède.*

ZIEM

74 — *Vue de Marseille.* (Aquarelle).

---

75 — Un lot de bons cadres. (Ce lot sera divisé.)

76 — Sous ce numéro seront vendus les tableaux et aquarelles non catalogués.

77 — Divers dessins, aquarelles, croquis et esquisses par Diaz, G. Doré, Corot, Forain, Harpignies, Delacroix, Bastien Lepage, Ziem.

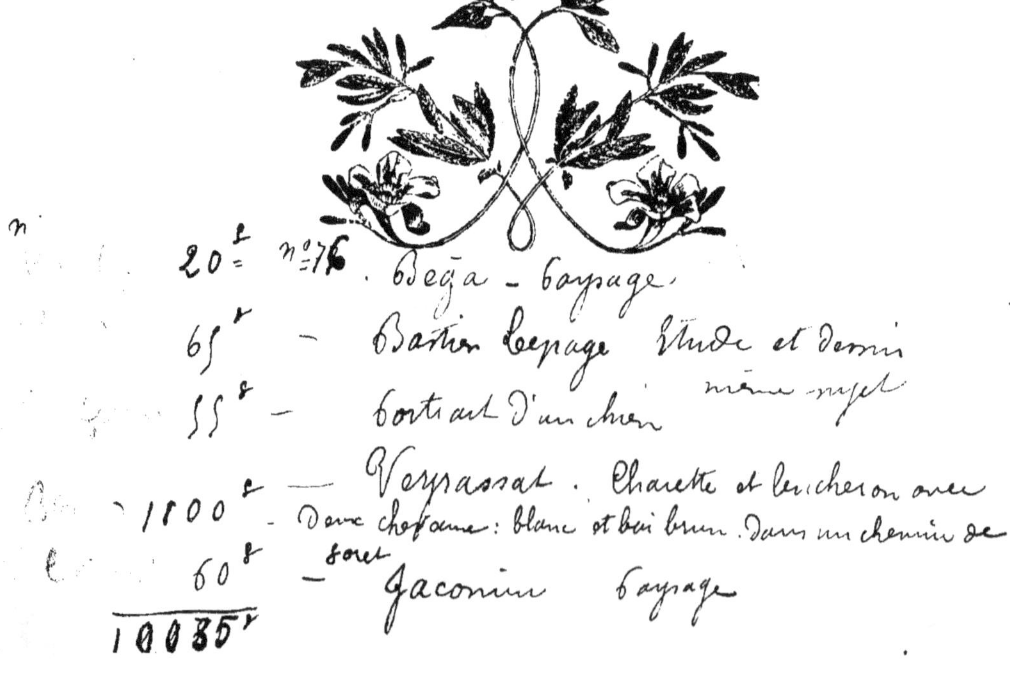

10.035.ᵗ n° 76 (suite)

55.ᵗ = Jacomin paysage

300.ᵗ Boudin . plage de Trouville

100.ᵗ Hammann(f.) Vache au paturage
                  larg 1.80 h. 1ᵐ.90

91.ᵗ   vue de ville Flamande

8.ᵗ   peinture

10.529.ᵗ

12.ᵗ = Bastien Lepage (2 dessins) mov. de la vente
6.ᵗ   Dᵒ   1 Dᵒ
6.ᵗ   Dᵒ   Dᵒ
6.ᵗ   Dᵒ   Dᵒ
6.ᵗ   Dᵒ   Dᵒ

33.ᵗ — Ziem   Dessin, à la plume
16.ᵗ — Harpignies   Dᵒ)
7.ˢ — E Delacroix   Dᵒ (mov de la vente
40.ᵗ N Diaz   aquarelle
40.ᵗ   Dᵒ   Dᵒ
27.ᵗ E Delacroix   Dᵒ
45.ᵗ — Harpignies   Dᵒ
40.ᵗ — Forain   Dᵒ
55.ᵗ G Doré   Dessin
30.ᵗ E Delacroix   qq croquis
25.ᵗ G Doré   Dessin à la plume
100.ᵗ Bastien Lepage dessin étude de femme et fillette

10.968.ᵗ
11.023